PINTANDO LA CASA

ENRIC LLUCH
DIBUJOS: FRAN PARREÑO

LETRA GRANDE

EL PADRE DEJA EL PINCEL EN EL
SUELO Y DICE:

—CARLOS, VOY A COMPRAR MÁS
PINTURA.

CARLOS COGE EL PINCEL Y LO
EMBADURNA DE PINTURA.

PERO EL NIÑO TROPIEZA CON UN BOTE
AMARILLO.

LA PINTURA SE DESPARRAMA POR
EL SUELO.

CARLOS LIMPIA LA PINTURA CON
UN PERIÓDICO VIEJO.

CON UN TRAPO, FRIEGA LAS SILLAS.

LUEGO, PASA LA FREGONA Y ENJUAGA
EL PINCEL.

EL PADRE VUELVE Y PREGUNTA SI
SE HA PORTADO BIEN.

—SÍ, PAPÁ. ESTÁ TODO MUY LIMPIO.

—YA LO VEO, HIJO; PERO TIENES
LA CARA AMARILLA.

Licencia editorial por cesión de Edicions Bromera, SL (www.bromera.com).

Título original: *Pintant la casa*
© Enric Lluch Girbés, 2011
Traducción: del autor
© Dibujos: Francisco Parreño Sempere, 2011
© Algar Editorial, SL
   Polígon Industrial 1
   46600 Alzira
   www.algareditorial.com
Diseño: Pere Fuster
Impresión: Índice, SL

1ª edición: octubre, 2011
ISBN: 978-84-9845-296-9
DL: B-32809-2011